羽のかろさ

Natori Mitsue 名取光恵句集

ふらんす堂

序

名取光恵さんは「いには俳句会」に於いて最も古くからの友人である。

昭和五十四年三月、夫の転勤に従って東京から苫小牧へ転居し、勤務先の社宅に入居、そのなかに名取さんのご家族もいた。俳句を始めて四年目で句を作るのが面白くなっていた私は、誰か誘って句会を開きたくて何人かに声をかけた。五、六人集まってくれたそのなかの一人が名取さんだった。

昭和五十八年夏、また転勤となり苫小牧を離れて山口県徳山市（現在の周南市）に転居、俳句の仲間は散りぢりになったが、名取さんは引き続き添削して欲しいと毎月欠かさず句稿を送ってきた。その熱心さと信義の篤さに深く心を打たれた。私が所属していた「濱」や「百鳥」にも入会、「いには」を創刊した平成十七年からは創刊同人としてご尽力いただき、今も変わらず私の大きな支えになっていただいている。感謝の他はない。

そんな彼女が病に侵されていることを知った時は、驚きと共に俳句もやめてしまうのではないかと案じたが、名取さんはやめなかった。決して諦めることはなかった。もの静かで一見か細い彼女のどこにそんな強靭な意志と力が秘められているのかと、いささか不思議だった。

だが、かつて病める野澤節子や村越化石等が大野林火の導きにより俳句を生きる力としたことを思う時、名取さんも今俳句が生きる力となり支えとなっているのだと確信した。俳句にはそんな魔力がある。

彼女の一途さ純粋さから詠まれた句には人を惹きつけるものがあるのだろう。いろいろな大会で賞に入り、ついに平成二十六年、「稲の道嬥歌《かがい》の山へつづきけり」の句によって第二十一回俳人協会俳句大賞を受賞した。新年祝賀会での授賞式に上京した名取さんに、「いには」からも大勢の人がお祝いに駆けつけ喜びを共にした。

名取さんは平成十八年、第一句集『水の旅』を上梓している。そしてこの度第二句集を上梓することとなった。その間約十五年、送られてきた俳句を拝読していると、どの句からも彼女の生きてきた確かな足どりが窺え、心に沁みこんでくる句ばかりであった。そこで三句組にしてなるべく多く句集に残そうではないかと提案、ここに五百一句を所収した第二句集『羽のかろさ』が上梓された。
名取さんは自らを病気の問屋というほどにいろいろな病に罹りその都度打ち克って今日があるという。多くの人は嘆きや苦しみを吐き出そうとするのであろうが、彼女の句は決して重くれず、からりとしていて不思議と明るい。

急性心筋梗塞
花の夜やかそけき音の酸素管

クモ膜下出血
花は葉にＩＣＵを出て十日
清拭に転がされをり夏に入る

そして、

かたつむり希望は前にのみありて

と詠む。常に前を向いて天与の命を大切に生きていこうとする気持ちが、この句集をこのように清々しいものにしているようだ。

今回改めて発見したことがある。軽い俳諧味のある句が多々見いだせることである。

逃げ水の逃げて狐の振り返る
億といふ値など存ぜぬ馬涼し
長考の亀の入水や秋の声
姫のごと歩む鶏冬うらら
家中が月下美人に服従す

追いかけても追いかけても追いつけない逃げ水の先に、振り向いてペロッと舌を出しそうな狐、これはキタキツネだろう。血統の正しい競走馬には何億の値段がつくが、馬には全く与り知らぬこと。池の畔で甲羅干ししている亀を「長考」とか「入水」と軽く擬人化して表現することで、亀がいかにも賢者のように見えてきて滑稽。姫のごとく歩む鶏の句は確かな描写である。ひと夜を咲き誇る月下美人、その美しさと香りに眠ることも出来ず、僕のごとく服従する一家。

こうして挙げていけばきりがない。新しく加わった彼女の句の魅力である。

生き死にに日差し等しき春朝

水温む水の流るるやうに生き

在るままに生きよとそよぐ風知草

境涯を詠んでもなんとも爽やか。諦めとも違う。悟りとも違う。自分を飾ろうとも否定しようともしない。水のように、風のように、在るがままを受け入れようとしているのだ。

彼女の長い闘病生活の精神的支えはまさしく俳句を作ることにあった。句集の後書きに彼女自ら語っている「ありのままを受け入れて暮らすことで得られた静かな時間を有難く思います。言葉の持つ肯定の力が、俳句になることで更に肯定力を増し、自分を（略）解放してくれたように思います」との言葉が全てを語る。

言葉には言霊がある。苦しい時、つらい時、楽しい言葉や美しい言葉、前向きな言葉を使うことによって心が晴れやかになる。元気が湧いてくるのだ。それが言葉の持つ「肯定力」なのである。

病む身であっても表現者としての心は自由である。旅にも行けるし、過去や未来と遊ぶことも出来る。現実を嘆かず在るがままを受け入れることによって得られた平安と生きる喜び、それがこの句集を貫いている主旋律である。句に惹きつけられる所以であろう。

今回、敢えて序文で句の解説はできるだけしないことにした。難しい言葉もなく難解なレトリックもない。句集を読む人がそれぞれにそれぞれの方法と思いで句を味わってくだされればそれでいい。

名取さん、これからも俳句を生きる力や癒しとして心を解き放し、句の旅にでかけましょう。春帽子に軽やかな羽の飾りを付けて。第二句集『羽のかろさ』のご上梓、心よりお祝い申しあげます。

令和四年　素秋

村上喜代子

羽のかろさ＊目次

句集

羽のかろさ

花野みち

二〇〇六年～二〇〇八年

月朧鳥は樹の上水の上

八万の帰雁を抱く夜の沼

呼笛は小鳩のかたち梅二月

流氷原金剛界となる夜明け

寄生木のつやつや鳥の恋はじまる

奔放に素直に壺のチューリップ

難しきことをやさしく言うて春

水鏡椿に椿酔うてをり

連翹の嬉嬉と日を吸ふ雨上り

母とゐし月日みじかし初ざくら

大潮の夜を吹雪ける桜かな

産みをへて終のはばたき瑠璃蛺蝶《るりたては》

遠汽笛羽のかろさの春帽子

はればれと満満と水春の鳶

春愁のグラス磨きて鳴かせをり

すれちがふ言葉と言葉霾ぐもり

残り鴨湖の光に身を預け

逃げ水の逃げて狐の振り返る

行く春やピアノの椅子は子の高さ

しづかなるゴリラの背中夏来る

梅は実に三歩おくれて歩きけり

参道の草の見事な刈られぶり

ぬばたまの茂りの底を水の音

億といふ値など存ぜぬ馬涼し

薔薇園の薔薇の根方のみみな草

螢狩いよいよ闇の重くなり

青芒あしたの風を育てをり

青あらし椅子取りゲームにある怖さ

まくなぎは吾を狂女と思ふらむ

まへ行くは万葉人か青嵐

風をのみ入るを許せり青葦原

山霧を風のさらひぬ蝦夷黄萓

一つ目の達磨の睨む昼寝覚め

祭笛かなしき音は目を瞑り

縁側は彼岸に近し蚊遣香

光背のうしろは真闇夏の果

晩夏光透きとほるまで濯ぎをり

初秋や小指にふるる貝釦

吹き降りへ面を上げて踊りけり

てのひらに風をとらへて踊りをり
かなかなや郵便受けの覗き窓
ひとつづつ露に抱かるる実むらさき

天高し一筆書きの山連ね

はきはきと星の応ふる野分あと

天の川仰ぐ顎を見て飽かず

夕野分石の狐の目が光る

天高し木木の勢ひの番外地

長考の亀の入水や秋の声

花野みち童の眼もち耳をもち

さよならの波打つてきし芒原

旅果ての掌に瓢の実の軽さかな

円卓に秋思の顔の揃ひけり
こほろぎのあひまあひまを問はれけり

万葉歌碑を訪う旅（奈良・難波）四句

芒梳く飛鳥の風よ二上山

逢ふための暗峠《くらがりとうげ》しぐれけり

寥寥と冴ゆ平成の朱雀門

しぐるるや飛鳥にあまた石の声

冬桜一心といふことばあり

姫のごと歩む鶏冬うらら

水鳥の眠れる湖の匂ひかな

百年の樹影湛ふる冬の水

冬の旅ゆくてゆくてに日の礫

朽野の真ん中にゐて裁かるる

颯颯と雪を待つ木となりにけり

寒林の影の整列日の出かな

ふるさとのいづこにゐても雪の富士

小春日の兄の二言三言かな

兄ときく凩の声山の声

臥す兄に母の面影小夜時雨

告知てふ一息に飲む冬の水
枯かづら始め終りを見失ふ
鎮もらぬ魂のあるらむ冬怒濤

日の当る石の隣の冬の石

置物のやうなる鴉枯木山

すずやかな声の音叉や冬の水

児の好きな爺のポケット日脚伸ぶ

凩の子の勝つた負けたと朴落葉

山洗ふ雨の上がりぬ木守柿

水の流るるやうに

二〇〇九年～二〇一〇年

初刷りのどさりと闇のほぐれけり

初茜歩いて渡れさうな海

春着脱ぎひと日をしまふ水使ふ

乾鮭の風の打ち合ふ音に暮れ

水鳥と吾との距離のちぢまらず

争うて引き際美しき雄鴨かな

日の障子母のにほひのしてきたる

妊ると告ぐる声美し冬銀河

からまつの芽立ちまぎはのさわぎかな

春隣夫のつづきを折りて鶴

能書きの拡大コピー春隣

木の芽風窓の一つも無き鶏舎

夜をこめて残雪穿つ雨の音

雛箪笥何か入れたることたしか

花種の意志のごとくに散らばれり

駅おぼろ伝言板の謎めく字

ふらここを漕ぎて太平洋の上

髭面の笑へば八重歯山笑ふ

生き死にに日差し等しき春朝

春愁やいつもの場所にある箒

北国の空を誇りぬ花辛夷

朝ざくら手脚の長き少女かな

吹かれきし花びらまとふ桜樹

花冷や墨染いろに幹濡れて

百幹の落花呑み込む暴れ川

花散らしきつたる幹の熱りかな

さん付けで夫の呼びをり春の昼

水温む水の流るるやうに生き

自問する春を阿修羅の像のまへ

行く春や宿の住所は湖畔前

立夏かな戦ぎゐるものみな光り

若葉から若葉へよべの雨しづく

母の忌を待ちて封解く新茶かな

鷹哉誕生

嬰を待つしづかな時間新樹雨

誕生や煌めきやまぬ青田波

赤子泣く六月の雲押し上げて

緑さす母となりたる肌かな

日焼せし太き腕や子は父に

抱きしむる赤子の鼓動夏旺ん

いづくより来しや赤子の涼しき眼

遠富士に高さ揃ひぬ日輪草

海に入る河のしづけさ雲の峰

万葉歌碑を訪う旅（武蔵・相模）四句

鉄剣の明かす古代史遠青嶺

結葉や千代を生き継ぐ夫婦歌

青葉闇防人妹を恋ひし道

千年杉なほも夏天をこころざす

ひとことの胸に灯りぬさくらんぼ

青楓吹かるるに佳きかたちかな

夕立晴れ蛇笏龍太の土にほふ

土器の水吸ふちから土用入

大佞武多引手の足のそろひけり

わたくしの中の私サングラス

家中が月下美人に服従す

つぎつぎと風着水す夏の沼

泉へと草の分かるる獣道

祭馬着飾りてゐて寂しき目

白蓮や泥の深さは見えずして

全身で音生む指揮者灯の涼し

姫女苑身ぬち過ぎゆく風の音

固き桃かじりて父母を近くせり

白桃やふるさとの名を冠に

蓮の実や何でも聞いてくるるてふ

重さうな耳輪首輪や秋の風

川音や産むは叶はぬ鮭群れて

一川の隔つ墓域や水の秋

丹田に山気ためけり秋日影

さみしさは不意に都心の空澄めり

落日を使ひきつたる芒かな

コスモスや風を聴きゐる馬の耳

きちきちの天へ急用あるごとし

秋深し文箱の底に反故の文

遺作展冷えきりし身を椅子深く

行く秋の一人一燈奢りけり

人恋し触るるものみな冷たくて

攻め焚きの窯の声きく霜夜かな

雲を追ふ雲のありけり翁の忌

眼を閉ぢて語るアイヌ史雪螢

大欅風の寄るすべなく枯れて

とどまれば落葉踏む音はるかより
朽野の闇の果てより飛行灯
月を食むわが星影や結氷期

風の楯めぐらす岬冬落暉

枯れてゆくものの匂ひや日箭の中

乗り継いで終ひは雪の一輛車

雪凝る一枝一枝へさらに雪

鏡てふ鏡磨きて雪籠る

雪片も灯の一つクリスマス

猫の手を貸すと絵手紙十二月

句敵の十二支揃ひ年惜しむ

レクイエム年逝く夜の風の音

古日記

二〇一一年〜二〇一二年

初明り海を畏む男の背

風倒木あまた苔被て雪を被て

雪しづり止まぬ落葉松林かな

魚跳ねし水輪のゆくへ追うて冬

踏まれゐる影の痛しや風邪心地

真夜覚めてかざし見る掌や雪明り

三寒や人形の背に大き捻子

おいとまの語尾の清けし敷松葉

どの鍵も合はぬ鍵穴冬深し

日照雨して父のにほひの枯野かな

ていねいに畳む朝刊山は雪

秀吉を語りて葱を育てをり

枝ぶりに見ゆる来し方大冬木

落葉籠けふの落葉の色美しく

言の葉の美しく白息うつくしく

浅春や跳人の鈴を鍵に結ひ

一人降り一人乗る駅ふきのたう

芽吹かんと風を遊ばす楡大樹

生れんとや微かに揺るる蝌蚪の紐

水漬く樹の骨と化しをり鳥の恋

水に棲むものの影あり百千鳥

すれ違ふ人もひとりや沈丁花

てんまつを聴きゐる夜の朧かな

ほほづゑの手首の細し養花天

春休み鴨のお尻の二つ浮き

還る土なくて掃かるる落椿

春の土踏まんと雪の駅を発つ

産土やさくら菜の花桃の花

新墓へ今年の花の吹雪けり

墓域より蹤ききし蝶の後先に

離陸せり苞は故郷の春の土

春の闇嬰には何か見ゆるらし

万葉歌碑を訪う旅（信濃路）六句

分去れの空は一まい旅の春

藤村の部屋にてしばし梅見かな

花冷えの雨の沁み入る無言館

遺し絵や惜春の声絶ゆるなし

子を念ふ防人の歌花すみれ

防人の歌碑守る村や春の風

韓衣裾にとりつき泣く子らを置きてそ来ぬや母なしにして

急性心筋梗塞

花の夜やかそけき音の酸素管

病窓の暮れきるまでの桜かな

花散らす雨の窓打つ一夜かな

友の掌の友の涙のあたたかし

海霧の濃しわが身にまとふ電子音

試歩一歩青葉の風の新しく

食べて寝て過ごせし日数水中花

アロハから白衣へ髭の研修医

照り翳りはげしき日なり根無草

蟻の道追ふ子や象の柵のまへ

錦鯉おの噴きあぐる泥を被て

西日負ひ顔失き人の来たりけり

掬はるるまでを亀の子浮き眠る

母を追ふ子鴨に一つづつ水輪

まひまひも吾も迷ひ子空の丈

百合挿して男ばかりのなかに住む

涼風や父の筆なる母の文

夕風に萍さわぎはじめけり

かの人ぞ香水の名は知らずとも

この先は獣のすまひ花さびた

草の絮はるかな沖をめざしけり

魚も影われも影つれ水の秋

狭まりし視野を裂きけり鬼やんま

櫟の実ぽとり別れはいつも不意

八千草の声きく海の荒るる日は

秋澄むやつぎつぎ生るる水笑窪

萩刈つて心に風の吹く日かな

夢の跡廃線跡も花野かな

休み田の間に稔り田風つのる

衣被つるりと父が母がかほ

名を呼べば口開く秋の金魚かな

暮れきつて花野これより月世界

行く秋の山に山影濃く映し

立冬の日照雨かがやく滑走路

冬草のつやつや安房の濤の音

一丁櫓の一人は無口小春空

身に入むや真砂女身丈の晴衣装

短日の風の木となる大蘇鉄

遅れ来し男に冬の日の匂ひ

たんぽぽの絮毛のままに凍てにけり

玉垣に猫の抜けあな暮早し

行く年やわれより吾を知る鏡

古日記いのち拾ひし日に栞

水の不思議

二〇一三年～二〇一五年

あらたまの風に素直な若木の秀

癒ゆるためのひと日はじまる草氷柱

水跳ねしかたちに凍る水垢離場

しづしづと雲の影ゆく雪野かな

思ひ出すやうに雪降り一日暮る

海猫のせて海へ海へと川氷

はればれと枯るる大樹や父の声

手袋の十指を固く聞く話

羽ばたけるものに真冬のひかりかな

花八手ことば素通りしてゆけり
まだ誰も踏まざる雪野影入るる
寒き世を聴き分けてゐる耳ふたつ

待春や鏝の熱さは掌ではかる

雪解光ほのと紅らむ桜の木

蝌蚪の水投網のやうに枝の影

てのひらの小鳥の重さあたたかさ

春ふぶき木木は小鳥を抱きをらむ

大海へ預けてゐたる春思かな

のどけしや潜きし鳰にあざむかれ

ブルドッグもつとも春の泥まみれ

薬飲むための朝食木の芽雨

あす咲くと桜の風の匂ふかな

潮の香やぐんぐん晴れて花三分

仰ぐ空だれにもありぬ初ざくら

古草に集まる日差し誕生日

春障子雨のにほひの仄かなる

仔猫抱き涙ぐむ子の日暮れかな

筆圧の戻りし友の花便り

花ミモザ聖書に折れし一頁

逃げ水を追うてどこへも行きつけぬ

鉄棒にひかる雨粒夏来る

草木の日ごと海霧吸ふ力かな

更衣非常袋の持薬替ふ

夏帽子水の不思議に夢中なる

子へ屈む膝やはらかし若葉風

種ぐさの緑うきうき雨の音

もどり来てみんないい顔森若葉

のこりたる視野を出入りの初螢

垂直の雨の降る降る夏ポプラ

一閃は湖のひかりや青葉闇

森抜けるまでの道連れ梅雨の蝶

天寿までひと日一日よ笹の花

姫女苑嬰を眠らす野風かな

薯の花北の地が好き人が好き

入植の跡は井戸のみ草いきれ

鬼百合の火の手八方風荒ぶ

船体に青き一線大南風

山祇の鳥居は丸太青あらし

日のひかり縒りて繕ふ蜘蛛の網
青あらし群れて音なき魚の国
森深く鳥の鋭声や朝曇

文机にかなふ正座や夜の秋

かなかなや母に縁側父に椅子

灯の入りて昔のにほふ盆提灯

梨一つ届けにきたる三輪車

秋暑し抜いて積まるる外来種

鬱の日の風に素直な穂草かな

第二十一回俳人協会俳句大賞

稲の道耀歌の山へつづきけり

自販機に生国の水天高し

雁渡し暮れのこりたるウトナイ湖

天の声地の声秋の海光る

銀漢やすがれ野をゆく水のこゑ

火の山に育つ雲美し赤とんぼ

孤悲といふいにしへの恋秋の風

萩は萩茅は茅らし吹かれゐて

人に足鳥に翼や秋ざくら

行く秋の灯一つに寄る家族

兄遠し遠し日向の浮寝鳥

在の風ほめて柳葉魚を干しにけり

雪富士や父の遺愛の木に凭れ

湯ざめして遺影の母へ愚痴ひとつ

寄生木のもやもやもや今日も雪へ雪

天へ地へのびのびとあり冬ポプラ

嚙んで飲む朝の水や氷点下

雀らにたたかふ翼冬深し

さとしゐる母のことばのやうに雪

冬日影蔵書の語る兄の生

ゆく年の職かへし子の安寝かな

記念樹

二〇一六年～二〇一八年

銅像と見まがふ老馬初日影

初晴や嬰は尻上げ立つ構へ

神さぶる楡の冬木の深空かな

東京の寒の日の出や受賞の日
読点に龍太の気息冬ぬくし
待つことのたのしさ怖さ雪しんしん

太葱をバトンのやうに持ちなほす

走り寄る子の白息も言葉なる

半歩より逃げぬ野良猫寒土用

点滴とおもふ雪解のしづくかな

曇天も海もひと色春遅し

花種の一粒づつの影に艶

欠けてゆく視野いつぱいの春の空
ややこしくするのはよさう春の風
囀りや池の底まで晴れわたり

子授けの宮へ百段囀れり

雛まつり袂にたんと夢のあり

子の愁ひのこるふらここ小揺らげる

再発のなくて五年目木の芽和

あふれゐる水のしづけさ春の月

つちふるや竝《なら》びて古き慰霊塔

桃すもも咲くや信玄治水あと

校歌なら歌へる音痴春の雲

土踏まぬ十日の蹠鳥雲に

春風と来て春風のごとき文
れんげうや笑ひ上戸の君がゐる
緑の環はめたる山湖きつね雨

夏の霧森の吐きたる息ならむ

母の日を祝はれてゐて妣のこと

海霧ぶすま石に座しゐて流人めく

朴の花しづかにものを言ふ人と

青空になりきれぬ空沖縄忌

記念樹の緑陰にゐて二人かな

眼の青むまで夏富士を病む兄と

少年の首やはらかし今年竹

青あらし身ぬち深くにある水位

万葉歌碑を訪う旅（石川・富山）四句

家持のまなざし追うて越の夏

連山の放ちて雄々し夏の河

奥能登の籬褪せけり夏怒濤

鮑海女移れば移る夫の舟

青あらし日の香潮の香大地の香

風と居り浮巣も鳰も鳰の子も

声あぐる絵馬の百鶏大南風

月下美人一夜の舞を尽くしけり

祭笛しぶきをたつる桶の鯉

亡き人へ生者へひらく大花火

赤べこへ頷きかへす夜の秋

病み抜けし二人に新米ごはんかな

天穹の一隅に富士ぶだう熟る

病む兄の手塩の桃の届きけり

雁渡し木の秀にのこる夕日差

つぶやきの詩となる幼草の花
どしゃぶりの後の青空草ひばり
今年米ぶつきらぼうの眼が笑ふ

胆振東部地震

秋の雲水も不安も分け合うて

言葉にはならず冷たき手を握る

明月や地震あとの海まったひら

秋の声湾を縁どる波もやう

夫に子に吾に定位置夜長かな

遡りきし鮭の揉みあふ簗のまへ

湧水にすすぐ十指や紅葉晴

熱田津に月待つ旅の一日目

くちぐちにイランカラプテ秋高し

日に照りて楡も桂も小鳥の木

三代の読みつぐ絵本小鳥くる

立冬の日のいろたたむ百重波

初冬や風の譜面となる湖面

青空へ口開く地割れ雪螢

おのが名の鷹の縫取り七五三

霜晴や千の松葉の息づかひ

鴨のこゑ山湖の波の尖りたる

一木の影の刻印根雪かな

子の決めし介護のしごと冬たんぽぽ

冬虹を指したる指ののこりけり

着ぶくれて毛並よろしき猫のまへ

素のままの冬木に触れて歩きけり

生者死者わかちて八ヶ岳颪

後光さす雪の霊峰出棺す

寒き夜や病身正す喪主の背

投げたきに石一つなし冬怒濤

会者定離富士さえざえと暮れ残る

攻めあへる雲と青空一葉忌

落葉松の降る降る雪を呼ぶやうに

湿原の枯色といふ十色かな

百一歩退りて仰ぐ冬木かな

ウトナイの湖を統べけり尾白鷲

残業の子の湯へ柚子を足しにけり

冬至風呂飛び出たる子のぴつかぴつか

夫へ新三年日記クリスマス

クリスマスきれいな紐のたまりたる

ゆく年のさぐる料紙の裏表

師と弟子の水音ふたつ紙を漉く

年流るカルテにのこるわが半生

大地の湿り

二〇一九年〜二〇二一年

真つ新の日記遺しぬ水仙花

告別の極寒の空真青なる

高嶺星弦となりたる冬木の枝

崩れたるままに胆振の山眠る

たば風や丘に多喜二のデスマスク

語りべの然りげに榾火掻きたつる

可惜夜の風に香のあり雪の精
人送る二ン月の日は月に似て
ゆきあひの雲耀へり蕗のたう

潮の香や霞がくれの牛の声

金婚の朝のみそ汁蕗のたう

どう見ても見えぬ針孔亀鳴けり

遠霞野にまぼろしの蹄音

本流へ渦なす支流風光る

ワンテンポ遅るる応へ月朧

芽の吹いて風のかたちの岳樺

震災の山の片寄る芽吹きかな

鳥帰る疫病《えやみ》の統ぶる時の嵩

花ふぶき声に出でたる友の遺句

枝移りして鳴く一羽夕長し

海峡の日暮れ明るし初鰊

麻酔覚む何処を泳いできたのやら

クモ膜下出血

花は葉にＩＣＵを出て十日

清拭に転がされをり夏に入る

葉ざくらの道をナースと遠まはり

かたつむり希望は前にのみありて

大暑くる山襞ふかく夕日差

在るままに生きよとそよぐ風知草

再検査終へて夕餉の紫蘇刻む

朝涼しナースの胸の小鈴鳴る

若さてふ眩しさ薔薇にやはき棘

寮生の山盛りごはん青嵐

万緑や牛の乳首の大いなる

塩壺の底ついてをり敗戦忌

新涼の書棚に文字の無い絵本

秋扇閉ぢゐて何もかも遥か

朝影や露草に露ありてこそ

秋螢追うて遥かへ飛ぶこころ

畑隅に石積む墓や蕎麦の花

東京の時経つ速さ秋暑し

掌に風をのこして飛べり秋の蟬

芒原描いて風を描きけり

雨しづく払ひて供花の白桔梗

火口湖へ金の絮とぶ秋あした

秋思とは何と贅沢生きてをり

馬老いて聖者のごとし草紅葉

水の秋龍のたまごと思ふ石

身に入むや一と日見ぬ間の草の色

会へぬまま兄の逝きけり萩の雨

月の嶺父のやうなる兄は亡し

七七忌繰りゐる数珠の冷え冷えと

膝深く入るる夜長の文机

波白くのぼる曳舟天高し

連衆との一日を惜しみ秋惜しみ

ひかり飛ぶ蜻蛉や気がつけば独り

水の秋飛ぶ鳥影の一文字

邯鄲や病歴欄の狭すぎて

いちにちを無為にせし夜の寒さかな

日照雨して枯野に彩のもどりけり

枯 苑 の 吾 も 一 木 空 眩 し

臥しをりて一日障子の照り翳り

はなやぎし時は吾にも冬りんご

寒の水うまし人生八合目

木立透く水の輝き枯一途

牛飼と牛の白息一つなる

春楡へ百歩の雪を踏み固め

浮世絵にまぎれこみたる雪女郎

追伸のごと雪片の吹かれ来し

猫の眼はオーシャンブルー流氷来

白魚飯みとれてゐたる箸づかひ

星おぼろ擦れてふくるる古語辞典

盆梅に父の歳月ありにけり

校庭は大き日向や一年生

子の指に薄氷水となりにけり

風光る「つづく」で終はる旅便り

芽起こしの雨や跳ねゆく児らの傘

草青む厩に馬の日課表

蓬摘む膝に大地の湿りかな

病み抜けし夫の痩身更衣

草むしり過去へ過去へと扉の開き

樹の齢磐の齢や滴れり

あとがき

句集『羽のかろさ』は、平成一八年から令和四年七月までの五〇一句を収めた第二句集です。句集名は「遠汽笛羽のかろさの春帽子」より採りました。

『水の旅』を出して以降のほぼ一五年間には、持病の難病に加えて心筋梗塞、クモ膜下出血を患いましたが、二度とも命冥加を授かりました。そして、俳句を通して社会とのつながりが出来、ささやかですが市の文化団体や俳句協会の仕事をさせて頂くことも出来ました。「いには」の練成会や行事への参加、万葉歌碑を訪ねる旅への参加も叶いました。私の人生の中で、生きている実感を最も得られた充実した一五年でした。俳句があったからこそと感謝しています。

難病と判明して落ち込んでいた四〇年前、ご主人様の転任で苫小牧の社宅に入居された村上喜代子先生との出会いがあり、先生が私の俳句の扉を開けて下さいました。「濱」「百鳥」と導いて下さり、松崎鉄之助先生、大串章先生のご指導を頂きました。そして、「いには」創刊同人に加えて頂きました。おおらかで懐深い先生のもとで学べる幸せを思います。村上喜代子先生と出会うことが出来て私は本当に幸運でした。

平成二年からは地元の「アカシヤ」俳句会に入会、歴代主宰の岡澤康司先生、松倉ゆずる先生、佐藤冬彦先生、竹内直治先生にご指導をいただき、多くの先輩、俳友とも出会うことが出来ました。

句座や俳誌を通して出会えた沢山の句友と俳句。多くの俳句に出会わせて貰うことは、多くの人の人生に触れさせて貰うことでした。俳句を通して、私は生き方も感じ方も変えることが出来ました。俳縁という絆を結んで下さった多くの皆様ありがとうございます。

ありのままを受け入れて暮らすことで得られた静かな時間を有難く思います。言葉の持つ肯定の力が、俳句になることで更に肯定力を増し、自分を、世界をも肯定し解放してくれたように思います。

村上喜代子先生には、大変なお忙しさの中、選を仰ぎ、心温まる序文を賜りました。心よりお礼申し上げます。

そして病みがちの私をいつも気遣い支え続けてくれる夫と子供たちに深く感謝します。

名取光恵

二〇二二年　秋

著者略歴

名取光恵（なとり・みつえ）

1947年３月９日　山梨県巨摩郡白根町
（現南アルプス市）生まれ

1984年　「濱」入会
1987年　「濱」退会
1990年　「アカシヤ」入会
1991年　アカシヤ賞準賞受賞
1994年　「百鳥」入会
2004年　「百鳥」退会
2005年　「いには」創刊同人
2012年　第２回いには同人賞受賞
2014年　第21回俳人協会俳句大賞受賞
2015年　苫小牧市文化賞受賞

現　在　「いには」そよご集１集同人
「アカシヤ」木理集同人
俳人協会会員
北海道俳句協会会員

句集に『水の旅』

現住所　〒053-0042　苫小牧市三光町5-8-11
TEL・FAX　0144－36－0479

句集　羽のかろさ　はねのかろさ　　いには叢書十六集

二〇二二年一二月三一日　初版発行

著　者――名　取　光　恵
発行人――山岡喜美子
発行所――ふらんす堂
〒182-0002　東京都調布市仙川町一―一五―三八―二F
電　話――〇三（三三二六）九〇六一　ＦＡＸ〇三（三三二六）六九一九
ホームページ　http://furansudo.com/　E-mail　info@furansudo.com
振　替――〇〇一七〇―一―一八四一七三
装　幀――君嶋真理子
印刷所――明誠企画㈱
製本所――㈱　松　岳　社
定　価――本体二七〇〇円＋税

ISBN978-4-7814-1518-5　C0092　¥2700E

乱丁・落丁本はお取替えいたします。